炸叢書第六七篇

牛女坂

飯島由利子歌集

現代短歌社

目次

牛女坂

しばし騒げる

―牛久沼―

昨夜《きぞ》水を揉みて騒ぎし沼の面のけふは目に染むばかりにあをし
ささら波に扁舟《さつぱ》浮きをりひと色に牛久の沼のただ平らなり

ほしいまま河童戯れゐるならむ枯れ蘆の繁み
しばし騒げる

膝を抱き無想の眼に彫られたる河童は樹下に
沼を見守《まも》れる

常陸野の刈田は芋銭の画のままにをさなを遠
く畦に遊ばす

雲魚亭に昨夜《よべ》散りのこる姫娑羅の蕊《しべ》の黄の色
ほのと光れり　（小川芋銭記念館）

沼の辺の蘆生《ふ》にいく羽の行行子　薄闇のなか
なほも賑はし

河童の小川芋銭

水深の二メートルにも満たざるに牛久沼、大
海のさまに鎮もる

狭き道いく重にくねり隠れ里めきたる沼辺に
芋銭住みゐき

廃藩に余儀なく牛久に帰農せる士族の嫡男、
芋銭虚弱や

農民の支ふる宿場に書を読める虚弱な芋銭に
四囲のつめたし

武士の子が画業に就かば殺《あや》むとふ父より嫁御
は芋銭かばへり

己が絵の芋買ふほどの銭になれ　画号に芋銭の希ひ籠めをり

農事みな妻負ひくるるに余念なく芋銭めぐりの民を描けり

芋銭子のコマ画に主義を疑へる憲兵をりふし木陰に潜みき

画に描《か》かるれば命三年もたずとふゆゑなき噂
もいつしか消ゆる

日本《にっぽん》の画壇に地歩をかためたる芋銭の画境、
コマ画に展かる

病弱な芋銭の夢想を籠め放つ河童すくやかに
永久に遊べり

神の稲田
――苗場山――

岩塊を攀ぢりつつ聴く秋の風　栂の梢をさゐさゐと過ぐ

苗場山のいただき莽《まう》莽《まう》と展けゐてま澄める池塘の天《あめ》に間近し

神造りたまふ稲田や遠近の池塘に直ぐなる
螢藺《ほたるゐ》群るる

螢藺は神の飯《まま》なり　底ひまで透る池塘に小さ
き穂結ぶ

夜をこめ幽かな音たて降る星をただただこゑ
もなく仰ぎたり

朝雲のあかねに染まるとほ空に白き烟《けむ》吐く浅
間の嶺は

恋初めしをみなのうなじ思はせて綻ぶ岩鏡《いはかがみ》
の木下に明し

山の神いますや顚《いただき》に秋陽満ち　二百十日の
山に風なし

出で湯の朝

露天湯にしろじろ届く朝の陽に透けゐる汝《な》が
影ゆらりと揺るる

ゆつたりと朝あけの湯にかろく目を閉ぢゐる
頤に白髭ひかる

一瞬の動きを止めてこめかみに汝は剃刀の刃
の位置を決む

鏡より眼放たず髭を剃るしぐさは紅刷くをみ
なに似たり

息をつめ髭を剃りゐる汝《なれ》の眼のつねは見せざ
る鋭さをもつ

剃り跡を百面相して確かむる汝を出で湯にそつと見てをり

手の甲に触るるるにちりちり痛き髭　剃りてやる日のいつかくるらむ

一詞一字追ひたり　―金田千鶴―

―佐々木茂著『小説「夏蚕時」「霜」の世界』『金田千鶴文学あるばむ』校正

千鶴研究に半生かけ来し佐々木茂氏の著作校正ふたたびを受く

縁《えに》薄き茂氏なるもその意気にしづかな昂り裡に生れくる

人名、地名、系譜、経歴みな書誌にあたり一詞一字に執す

〈文学ノート〉校正の文字追ひゆくに千鶴の思索の鋭《と》きに手の止む

山深き地に病み臥《こや》れるにその思潮抑ふる歌の澄み確かなり

思惟ふかく魂《たま》を澄ますする詠風に潜む抒情の歌の光れる

今生の魂こめ詠みたる千鶴の歌いくつおのづところゑに出でくる

歌ひつくさば　―三ヶ島葭子―

―秋山佐和子著『歌ひつくさばゆるされむかも』

ひさしくを心にかけ来し三ヶ島葭子　窮まり
生きたるひと世見つむる

いく重にも苦を負ふひと世ひたに詠みゆるし
希ひたる葭子まぶしき

あめつちのあらゆるものにことよせて歌ひつくさばゆるされむかも　葭子

細細とひと日書きつぐ原稿に窮しまた読む葭子の歌を

窓の外《と》に鈴虫いつしか鳴きそろひ泥みゐし稿ふつと整ふ

意つくせぬままに了へたる原稿を真夜のポストにそろりと落とす

夢にうなさる

―異動辞令―

図書館の業務のいともあつけなく外部書店に

委託の決まる

（江戸川大学・短期大学総合情報図書館）

十九年勤め来たりし図書館のけふはひとしほ

広さの映る

図書館の業務データベース化の過渡期をただ
ただ夢中に過ごしき

歌詠むを図書館に覚え十八年　去りがたく好
める歌書をメモせり

新たなる業務に惑ふ日の続き夜ごと奇異なる
夢にうなさる

（学務・教務課）

一日の業務思ふもここまでと利根の大橋一気に越ゆる

スピードを徐々に落とせり　常陸野の空に五月の星のきらめく

座の端に

――島木赤彦研究会創立三十周年記念特別講演「赤彦と茂吉」――

いちはやく明けゆく湖《うみ》か朝靄のおもむろにして山を這ひゆく

諏訪の地に宮地伸一氏講ずる写生論　身じろぎもせず座の端に聴く

小柄なる宮地氏の内よりほとばしり出づる考
察　鋭《と》く緻密なり

講演の録音いくたび聞き返し要旨まとめむと
時をかさぬる

（採録・島木赤彦研究会会報）

耳すます録音の言葉のあはひより乱れなき心
音かすかに聞ゆ

宮地氏の言葉なぞりつつ赤彦の『歌道小見』
たしかむ誤字なきやうに

日日あわただし

異動辞令受けて半年やうやくにわが言葉もて
会議に臨む

アナログの世代のわれら置き去りにＩＴ革命
世に囃さるる

ＩＴ化すすむ職場に勢ひてもの言ふ若きらに
腰低くをり

同僚の為しゐる仕事の先読めず両耳のみの聡
くなりゆく

一杯の寝酒のうましけふの日の悔いをまろめ
て喉《のみど》に落とす

年度末の山場を過《すぐ》しともかくも明日を働くために眠らむ

利根の大橋

朝なさな牛久の沼をさわだてる波のかたちに
ひと日を占ふ

アクセルをややに踏み込み　六号線ひだり車
線の車と競ふ

渋滞の利根の大橋越ゆる間にけふの仕事の手順をたつる

ひとつらに明かりの点る大橋を渡るに夜気の冷えまさり来る

一日の憂きこと後ろへうしろへと遣らひバイパス走り抜けたり

また夢に顕つ

買物に行くとバイクに出でし夫　応急ベッドに意識あらざり

昏睡の覚めざる夫の排尿の管伝ひ落つるを目に量りたり

足も手も大きく開きし夫の身が路上に一筆書に残さる
（事故現場）

かつと目を見開き夫が宙を舞ひ地に落つる姿また夢に顕つ

ひとつだに事故のありさま覚えざる夫の寡言の常より深し

寡黙なる夫入院に夜の部屋わが立つる音乾きてひびく

見舞はむと急《せ》きゆく夜の事故現場あかりに浮くを横目に過ぐる

短期大学、閉学近し

年の暮、年の始めのはやも過ぎ短大閉学へと
日日の傾るる
（江戸川短期大学）

昨日に続く今日をよろこび勤め来るも残すは
五十九日となりし短大

日一日と閉学に向かふを覚えをり今日を追は
るる業務の間間《まま》に

世の縮図つぶさに映せる幾年《いくとせ》や人の誠をまぢ
かに見つむ

定期試験終ふれば卒業式、閉学式　短大終焉
の是非なく迫る

弥生の台北

町並にモダンとレトロあひ見する弥生の午後の花連けだるき

大理石の断崖絶壁二十キロ　溪谷の引き寄す空いと狭し

（太魯閣溪谷）

喉あかき燕の案内《あない》にくぐりゆく九曲洞の眼下濁水をどる

アミ族の恋物語を踊りゐる若きら占領下の翳りを持たず

仕事終へ機車《バイク》駆りゆく人群に台北の街くろく膨らむ

名もあらぬ民《たみ》雨の日に畠《はた》を鋤き　見つくる粘
土に土器つくりしか
（國立故宮博物院）

悠久の時かけ作られたる官窯《くわんえう》　さらに千年
経たるに見入る
（南宋官窯）

息をのみ見つむる〈翠玉白菜〉の葉先の螽斯《きりぎりす》
玉に染み入る

戦時下に台湾海峡越え来たる至宝スポットラ
イトに艶なり

そこ退けそこ退け

竹馬にほどよき真竹を夫と孫背戸の藪より曳き帰りくる

夫の手つき真似つつ竹馬組みてゐる少年さびたる男《を》の児九歳

竹馬に乗る児と支ふるわれの息合ふもなかなか一歩の出でず

這ひ初めしかの日と同じ眼もて児は竹馬に歩まむとせり

パパ、ママも爺もそこ退け竹馬にやうやく乗れたる児が通れるに

竹馬に乗りゐる男の児のながき脚一足ごとにうぶ毛の光る

竹馬に乗る児が夫と犬を連れ得意顔見せ角まがり行く

天狗棲むとふ

―伯耆大山―

海辺より裾を引き上げ国原を治め青しや　伯
耆大山《だいせん》

神在す伯耆の国のひとつ峰　大山車窓を占め
て峙つ

身に触れむばかりに塩辛とんぼ次次に戦闘機のごと山を越え来る

壁《かき》たてる巌《いはほろ》大きく崩れゐて粗き瓦礫の底ひを知らず

なだらかな参道の辺の虚子の句碑早くも夕べの湿りを帯ぶる

秋風の急に寒しや分の茶屋　虚子

天をつく梢に天狗の棲むといふ神杉抱《いだ》くに悠に五尋《いつひろ》

老杉を圧し移りくる夕立に興亡刻める堂宇けぶれり
（大神山神社奥宮）

緑濃き伯耆平野の山山を率《ゐ》て立つ大山　神の山なり

赤彦生ひ立ちし里

鶏頭のまつ赤に咲ける下古田《しもふつた》人影もなく昼しづかなり

赤彦が弁当箱を背負《しょ》ひ行きし分教場への径《みち》草生に細し

赤彦も攀ぢたるならむ真徳寺の杉の茂《し》みつつ
空にぬき立つ

真徳寺〈隠居宅跡〉の蔵ふかく赤彦父子の伝
書集《つ》むらむ

問はず語りに赤彦の父を語る爺　二重瞼は信
濃の顔なり

村人の赤彦の父に建てし家《や》の石垣約《つま》しく村道に沿ふ

諏訪の湖《うみ》埋むと大太法師《ダイダラボッチ》の落としたる土塊《つちくれ》に成りしとふ小泉山は

軍人にならむと赤彦素の足に小泉山を日日駆けしとや

背戸の辺に粗朶焼くけむり青白く夕近き小泉
山へたな引く

一日に四便のみの停車場に砂礫踏みつつバス
走り来る

類《たぐひ》なき悪童《ゴタ》赤彦のあまたなる夢はぐくみし地
の光《かげ》清しき

紫の花に飾られ

二十時半、残業帰りの携帯に報さるる姉の急
逝　のちを覚えず

心臓大動脈解離に取り留むる一命　半身不随
に五年《いつとせ》耐へ来し

ドライアイスに凍れる姉のみ顔み手　兄とふたりし幾たびを撫づ

猫好きの姉にふさはし恋猫の声音《こわね》のごとしや尼僧の読経の

服飾デザイン一筋に生きたる姉六十一歳　佳麗なり紫の花に飾らる

西方の浄土思はす夕つ陽の寝釈迦に似たる多
摩丘陵を染む

車窓とほく流れ離《さか》るる街の灯を姉の精霊流し
とも見き

追はむとするも　―不安定狭心症―

心不全に姉逝き十七日、われもまた心臓病む
など思ひもよらず

底しれぬ不安、えも言はれぬ胸奥の苦しさ怺へ職場に娘《こ》を待つ

カテーテル身に忍び入るおどろしさ覚ゆるも
たちまち薬に眠る

病状の予断ゆるさぬと夫《つま》娘《こ》らのひと夜病室に
居りしを知らず

夢なかに姉が背を向け去りゆくを追はむとす
るも身の自由なし

看護師に涙拭はれ目覚めたり　三十時間余り
をただただ眠り

鮮やかな冠動脈血栓消えゆくを願ひ点滴の珠
見つめをり

まさかの転倒

―心臓を病みてふた月、職場復帰四日目の事故―

残業を終へて急げる駅頭に足のからまり　まさかの転倒

幾人《いくたり》の傘に庇はれ雨の道に仰臥せるまま意識を保つ

全身を路上に打ちつけし衝撃のいく日を体の
芯はしり抜く

「爺さんが居ない」と騒ぎゐし婆の眠り　わ
が身に痛み戻り来る

真夜中に手早く襁褓替へくるるナースの顔が
ほの明りに浮く

大鷹の棲むとふ森をとよもして寒夜に虎落笛の鋭し
（流山おほたかの森病院）

老いてゆく寂しさとふはかくならむ　身に負ふすべて忘れ眠らな

黒き鮒の眼

成田不動参道の威勢よき売り声に誘はれ覗きこむ寒鮒の桶

甘露煮に用ゐる鮒とや見目かたち寸分もたがはず桶におごめく

二寸にも満たぬ寒鮒初荷とや　活き魚縁起よしと買ひたり

睡蓮の鉢に放てる寒鮒のつむらぬ黒き眼空を見てゐむ

繁殖をかさねられたる寒鮒の游ぐを知らぬや底に動かず

業務異動

大学の重点事業のひとつとふ部署に異動の辞令の下りる（入試広報課）

任重きあらたな職務真つ平と心塞ぐもほんのいく日

もろ膝のちからのふっと抜けゆくを覚え踏み
立つ夜の電車に

ひと月の残業百時間余を越すもむかふる朝《あした》ち
から湧きくる

休むなく夫作りくるる朝《あさ》昼《ひる》の弁当ふたつ手に
温かし

うつくしま花街道

地の息吹に蕾の先まで紅《こう》を刷きさくらは激《たぎ》つ
ときはかりゐむ

縦横《じゅうわう》に枝垂れ身を縒り千年を一本ざくらの
咲き匂ひ来し

夜を徹し燃えて眠らぬとふさくら三春《みはる》の里に
花散らし初む

水底に民家も草木も呑みゐしにさくら湖水皺《みじわ》
ひとつも見せず

会津訛りに媼のすすむるおきな草　最後の一
鉢捧げて帰る

朝の陽のキッス待ちしやおきな草おちよぼの
口をほんのり開く

河童、幻想

河童《かはつぱ》の仕掛花火や沼の辺のマンションの灯り
夜空に展《ひら》く

河童ら月の神輿を担ぎあげ鏡のやうな沼わた
りゆく

睡蓮の葉陰に〈家傳〉の妙薬をまことしやか
に河童髑《ひさ》げり

このあした獺祭あるとやいそいそと河童《かつぱ》も真
鯉を笊に並ぶる

河童との相撲にうつちやり食らひしか牛蛙《かへる》が
畦に腹みせ乾ぶ

夏の陽の満つる沼より河童《かはつぱ》の唄ふや藻刈りの
歌ながれくる
沼の辺の宿場はしつぽり夕闇につつまれ違《たが》ふ
灯の色ともす

平家の隠れ里

山深く峪またふかき湯西川この世を隔ち雪降りしきる

平忠房の御子抱き女官の行きし跡、今なほ真白に雪の消し継ぐ

祖の秘宝湧き湯の傍《かたへ》に見出すが湯宿のはじまり、「伴」と名乗れる

幾山を越え来し平家の残党も身を温めしやこの湯溜りに

出迎への太鼓に描かるる蝶の家紋　打たれふるふる翅を震はす

（平家　揚羽蝶紋）

部屋を洩る灯に狂ほしく渦巻ける雪は平家の
御代のまぼろし

凍てつける断崖《きりぎし》結ぶ蔓橋《かづらばし》追手せまれば断ち
落とししや

きりきりと捩《よぢ》られ軋みゐる蔓　落ち来たる者
の情念を見す

落人の忍び洩らせるこゑならむ呼ばるるかに聴く峪の風音

雪の止み箔を散らせる星々に水琴窟の音の響《な》りあふ

藍の花咲く

――高田正彦工房――

湯河原の山腹拓きし工房に君型染めにひと世
かけ来し

工房にまこと幽かな匂ひたて大甕にふつふつ
藍の花咲く

芹沢銈介より継ぎたる型染め藍深く図柄一線たりと無駄なし

ひたすらに余念なき君の歳月や　爪に顔料凝《こご》り残れる

幾そたび染めきたれるや〈たうがらし〉情念のごと赫く燃えたつ

無意な線ひとつだになき〈たけのこ〉の君が
修錬包みてまろし

庭隅に枝分くるなく直ぐ立てる木賊《とくさ》に君の性
を見てをり
（ふた株を夫人より給ぶ）

君の画のままに起き伏す伊豆の崎　烟《けぶ》るが工
房の窓より見ゆる

まろまろと起き伏す山影抱きたる朝の海辺に
息深くをり

み互ひに変はらぬ姿、こゑをもて歩める海辺
に寄す波穏し

火の島　―八丈島―

昨日までの好天未明に一転し羽田空港風雨につつまる

着陸か羽田に返すか小半時旋回つづく火の島の上

三原山、八丈富士とや瓢箪に似たる孤島の瘤
ふたつ見す

赤彦が静子の影抱き降り立ちし八重根の港に
雨のけぶれる

花あふれ鳥啼き冬を知らぬ島　丹《に》の花静子の
影はいづこに

訪れる人のあらぬや赤彦の歌碑はおほきな椿の木下

宮坂徹揮毫の文字《もんじ》ほどけ初む椿のごとき力を秘むる

椿の蔭をんな音なく來りけり白き布團を乾しにけるかも　赤彦
（碑文字・島木赤彦記念館館長）

柹蔭山房にまことよく似し島の家　布團を乾せるをんな顕ち来る

大椿の高みに一輪　赤彦と相思のをんなの意気地にあらむ

教職に就かむと切に希ひたる赤彦の跡つひに触れ得ず

（旧支庁舎・歴史民俗資料館）

雨ざざと降る玉石垣の馬《うま》路《みち》に椿のをんなと赤彦を追ふ

赤き魚の鰓《あぎと》を芒に貫《ぬ》くを下げ流人も夕べの坂
往きたるか

馬路の樹齢七百年とふ大蘇鉄咲けば御赦免船
の来しとや

快晴は年に七日余《まり》　亜熱帯の島に日の照り霧
らひては降る

海底《うなそこ》に抱かるる火の玉、夕されば海も島をも
焼き滾ちたり
夕焼くる海は赫かり火の島に花の満つるも丹
の花を見ず

神の賜物

創設の短期大学図書館に職得たるのち、あつとふ間《ま》なり

司書資格得よとふ令《れい》に通ひたる真夏の鶴見大学階《きざはし》高し

図書館にわが選《え》り分類せし書籍ラベルを列ね
書架を占めをり

大学に統合されたる短期大学　幾たび茫《ばう》と心
のかへる

性《しやう》に合ふ仕事に恵まれ本を読み歌詠み山に登
り、倦むなし

分《ぶん》にあまる職務をどうにか勤め来て身の程はかり決めし退職

欠かすなく朝、昼の弁当作りくれし家守《も》る夫ゐてわが勤めあり

善《よ》きことのみ思ひ出さるる　四半世紀の勤めはまこと神の賜物《たまもの》

マリリン・モンローの唇

夫の皿の大き焼鳥ひと串を犬の失敬せるは一瞬

わが獲物とられてなるかと身を屈め狩猟犬たる性を剝き出す

竹串まで食べさせまじとわれと犬の必死の攻防深夜におよぶ

十日余り経て長椅子の下かげに腹を舐めゐる犬いぶかしむ

抱き寄すに身の毛立ちたり、内臓を刺しぬき腹裂き　串の突き出づ

モンローが赤き唇にチュッパチャプス舐《ねぶ》るか
のごと犬の下腹

朝を待ち犬抱き訪ひたる獣医二軒　処置はで
きぬと門前払ひ

身をかばひ診察台にあらがへる犬の眼《まな》底《そこ》不気
味に赤し

竹笛のやうな悲鳴も力失せ麻酔にしどけなく
眠りたり

小さき身に縫合四十八か所や　神給ふ〈日ぐすり〉にとく癒ゆるらむ

朝な夕な見舞ふに荒き息のしたカふりしぼり
尾を振りくるる

獣医院の畑《はた》に放たれし鶏《かけ》六羽、エールくる
やこゑながく鳴く

コクーン歌舞伎

清新な趣向の〈佐倉義民傳〉民の叫びの今に
あたらし
佐倉領内三百八十九か村の飢餓の民　悲願は
ラップのリズムに滾る

〈子別れ〉に〈甚兵衛渡し〉に約束のごと泣かさるる平場の席に

われ知らずラップのリズム刻みつつ　宗吾礫刑に拳振りあぐ

千穐楽のシュプレヒコール「走れ、宗吾ひた走れ！」演者とともにわれら湧きたつ

番頭の案内《あない》に見《まみ》ゆる坂東彌十郎　バスローブ
に男気さらりと包む

動くともなく動きゐる若きらの屯す渋谷熱気
の淡《うす》し

ホームステイ　—スイス—

ユーラシア大陸まさに横断し機は陽のやはき
チューリッヒに降《お》る　（ステイ、二十八日間）

百五十年あまりを護り継がれ来し古家に娘《こ》の
友屈託のなし

見の限り唐黍畑の続きゐて果てよりあをき香
の渡りくる

日昏るるは午後十時なり酪農の村ワインフェ
ルデンにカウベル響く

瑠璃いろの石窯美《うるは》し百余年パン焼く熱にやや
くすめるも

永久《とことは》に戦に関はらざるスイス　こぞりて家内にシェルター備ふ
（地下貯蔵庫）

半年の食糧貯ふるシェルターにオパの木橇もひつそり眠る
（オパ　お父さん）

白壁の屋根裏部屋の天窓に生《あ》れつぐ星を娘とふたり浴む

酪農の村に月光あふれゐて鼬鼠《いたち》が影ひき道渡りたり

ゆるやかな時流れゐる村に慣れ　朝あさ麦畑に犬をひきゆく

アルプスの山懐に生れ育ち出づるなくオパの養豚に生く

六百匹の豚の癖みな知るといふオパの目スイスの空のごと澄む

息子らの継がざる養豚この夏を限りとオパは桜桃酒《キルシュ》を舐むる

今朝もまたオパは洋梨酒《ウイリアムス》入りの茶を啜り、仔豚に声かけ餌配りをり

三歳の女孫に眼ほそめゐるオパにハイジの
〈をんぢ〉重なる

赤き地に白き十字の国の旗スイスに満ち満ち
アルプスに映ゆ
（建国記念日）

門口の花鉢までも国旗《はた》に埋め親族《うから》らほがらに
建国祝ぎあふ

粗炭にソーセージ焼きつつ、片言のむすめの
祝辞に耳傾くる

やうやくに日の没りし十時村中の家より打ち
上ぐ花火いくつ

エクスタシー

門左衛門の世話物〈女殺油地獄〉描かるる狂
気いまに変はらず

淫靡なる邪心剝きだす放蕩児　母、継父《ままちち》の心
を知るに

借財に退けざるをとこの凝らす目の色気の端
より殺意の兆す

店床にこぼるる油にまみれつつこゑなく女《をんな》
男《をとこ》の縺る

舞踊とも見紛ふばかり転《まろ》びては追ひまた転ぶ
油の地獄

刃傷の果てに見得きる仁左衛門うつくし　荒
荒と花道くだる
（十五代目片岡仁左衛門）

鎖重たし

慈悲深き牛久大仏おはしますみどりに照らふ
森の穏しき
終日を鎖に繋がるるコンドルの威嚇の態《てい》に迫
力あらず

大鷲の鎖引き摺る音鈍し　み仏いかに聴きていますや

身に重く鎖引き摺り歩きたる鷲の爪あと円描きをり

赤錆ぶる鎖解かるることなけむ　半径九十センチに鷲の生かさる

生肉の味忘るなと鶉《うづら》投ぐ男の眼《まなこ》ぎらりと光る

生きながら臓器を喰はれゆく鶉口あけ凝る
一声もなし

執拗に生餌をいたぶりゐたる鷹　時経ず虚ろ
な眼に戻る

死肉持つ男ににじり寄る鷹の羽搏き起こす風
なま臭し

長元坊の野生に目覚むる瞬間や疑似餌《ルアー》を目がけ空低く来る

空飛ぶもつかの間　目隠し《フード》に被はるる長元坊は暗闇のなか

み仏も禽らも森も田も畠も筑波颪《おろし》に夜夜吹かれゐむ

木食義見上人

世の穢れ満つる五穀断ち行積みし義見のあと
を筑波嶺に辿る

手に触るる奇巌、巨石のこの下や木食戒を義
見の修む

木洩れ日のやさしき庵わらべらの手習所《てならひどころ》となりて幾とせ
（稲敷郡阿見町飯倉）

『群書』読み歌詠みゐたり終《つひ》の歌「夢の世の夢とも知らず見し夢…」

いよいよに即身成仏遂ぐる朝　義見の拝《をろが》むこゑ村に満つ

枯渇せるまで身を浄め生くるまま文化十二年、
義見入定

土中より竹筒伝ひ経を読み振りたる鉦の音《ね》聞
こゆる七日

〈衆生救済〉義見の念じゐしさなか牛久助郷
の一揆起つとぞ

経を読むこゑは空耳　木木の間に生《あ》るる風わ
れを招きゐるごと

女化が原伝承

―蛇喰古墳―

女化《をなばけ》の街道沿ひの杉むらに前方後円墳は地の
膨るほど

牛久沼と小野川に挾まる集落の長《をさ》の墓なり蛇《じや》
喰《ばみ》古墳は

六世紀いまだ茨城《うばらき》に朝廷の威光及ばざりしを墳墓の伝ふ

墳頂の小さき祠の白ぎつね口に紅刷き乙に澄ませり

隣り合ふ貝塚台古墳に千三百年鎮まり来しとや女児の骨、耳輪、直刀

牛久沼かこむ台地の浸食をされたる象《かたち》や奇しき名〈蛇喰〉

粗くさの生ひゐる田の面ゆふ闇に色失せ遠く地虫鳴き出づ

田の神の提燈の灯やほうたるの露ふくみつつ稲波わたる

すだ椎の森はか黒く沈みゆき月の光をしんしんと吸ふ

女化が原伝承

――開墾――

きつね棲む女化《をなばけ》が原三里四方　明治十年拓き始むる

生れし地に住み得ざる次男三男の新地求め来し女化の原

相知らぬ者ら肩よせ萱原を這ひて根を曳き鍬
を打ちたり

踏み入ればば抜け出でられぬ女化の原とや、き
つねの仕業と怖るる

夕さればきつねの高く鳴きたるに民ら淋しと
耳を塞げり

旱魃も筑波颪《おろし》も容赦なくなに稔るなし十年《ととせ》過ぐるも

稗さへも稔らず村の畑の草刈りたる日銭に命つなげり

常磐の線路工事の賃仕事飢う身かへりみずレール牽き継ぐ

春つぐる女化稲荷の御祭礼　畦に輪となりうすき酒酌む

昼夜なく食ふや食はずの開墾の文字忘れぬためとふ日誌簡なり

「女化原を右にみて…」鉄道唱歌に歌はれし原にきつねの姿いまなし

牛久の狐の物語

女化《をなばけ》の原に熟寝《うまい》の白狐、猟師の射むと筒かまへたり

若者の狐に逃げよと咳払ひ　筒の音のごと聞こえたるらむ

すはこそとしなふ狐の白き光《かげ》萱野にかくれ
秋の陽うらら

美しきをみなが若者に宿を乞ひ来たるその夜《よ》
に奇譚はじまる

八年の歳月の過ぐ　一女二男産みし異類婚姻
譚ありしやいなや

末の子に乳やる添ひ寝に母狐、尾を長《をさ》の子に
見られたるとは

「女化の原に泣く泣く伏す…」と歌のこし真
白き狐去りたり

夫を子を千代とことはに護らむと狐籠れる洞
は木の陰

戦国の下総・常総の若大将まことや狐の孫と
伝はる
（栗林義長）

北条氏尭の命《めい》に戦ふ義長の狐の御加護や負け
を知らざり

女化の稲荷の狐いまもなほ子を懐《くわい》ふかくかき
抱きをり

冬の夜は女化が原に夫を子を呼びゐる狐のこゑ聞くやうな

余震起こるや

睡蓮の鉢にか黒きかげ三つ鮒の巣立ちやゆらりと動く

鉢底に潜みて四《よ》月《つき》大地震《なゐ》の予知にや鮒のすがた見するは

大地震の三日ののちに鮒二匹鉢より飛び出づ
余震起こるや

大き地震《なゐ》未明につづきたるゆゑや鉢に寒鮒腹
みせしづむ

弥生尽、死にたる鮒の見開けるままの両の目
黒く澄みをり

朝な夕な飽かず愛で来し寒鮒のしづむ鉢水は
やなまぐさし

凍つるほどの水より上ぐる寒鮒の思はぬ重さ
に胸つかれたり

いまだ色うせゐる水草《みくさ》の下陰にのこされし一
匹ちさくあぎとふ

背《せな》の鰭あるかなきかに揺らしつつ潜める寒鮒
なに思ひゐむ

木下龝街道

街道に連なる家よりなほ低く鎌ヶ谷大仏しづかに在す

山門も伽藍もあらず露座のまま慈悲垂れたまふ小さき大仏

御身丈六尺なりとふ大仏の螺髪もみ胸も手にとどくがに

江戸の世の商人《あきうど》豪奢や祖の御霊まつると唐金《からかね》の大仏建つる

開眼に僧五十名、三町の莫蓙ふむ練供養《おねり》に小判撒きたり

銚子沖の活き魚駆けぬけし鱻《なま》街道　夕ぐれは
やしうす紅に染む

街道の断たれ東洋にふたつなきフェアウェイ
陸軍接収に消ゆ

ゴルフ場召し上げ成りたる飛行場たつた四《よ》月《つき》
に大戦終はる

迎撃に果敢に発ちたるふくろふ部隊夜陰に散りたり五十と余名
（戦闘機「屠龍」）

飛行場の建設軍夫に連行をされ来し千二百名後《のち》を誌《しる》さず

休日の航空基地の陽だまりに戦闘知らざる機影つつまし

赤き大地

―シンガポール・マレーシア―

ひと息に高度下げゆく機の窓に赤道直下の大地の赤し

シンガポールの港に居並ぶ商船の今様の黒船来航図めく

意匠究めひしめく高層ビルの間に常夏の国の
空の狭かり

世界初のナイトサファリとや残照に森のけも
のも目覚めゆくらむ

トンブアカ族の男口《をとこ》よりがうがうと火を吹き
踊り　サファリ始まる

絶滅を危ぶまれゐるインドサイ鎧へるごとき
身泥にしづむる

〈怪傑ハリマオ〉ふと思はするマレートラ息
づく虎斑いと鮮らけし

密林の生む風のなかひつそりと羚羊《ボンゴ》はあをき
月あふぎをり

トラムカーに見巡る森の月光《つきかげ》にオブジェとみまがふ珍獣のたつ

猿もまた労働者なるらしリズムよく日に数百の椰子の実を捥ぐ
（マレーシア　ヤシ農園）

太鼓《コンパン》にわれも踊れり　密林を拓ける村に星の降りふる
（プライ村）

弘法の浜　―伊豆大島―

大洋の底より海面《うなも》揺りあぐる勬き潮のうねりて止まず

まろき石のせたる海人の家ひくく赤き漁網のぞろりと干さるる

御神火のけむりうつすり吐く山のほとぼり伝
ふる砂子《いさご》の黒し

松風の音もやさしき浜丘の午後の日にあかる
む土田耕平の歌碑

『青杉』の平福百穂の画おもはする木の間の
椿ひときは紅し

赤彦の訪ひ来る船を耕平の待ちゐし巖　波けむり立つ

弘法の浜に耕平詠ひたる向山まろし　はろけくのぞむ

うねりたつ海のはたてに夕つ日の呑み込まるるもほんの一瞬

御神火の吐きたる黒砂ほとぼれるまま弘法の
浜の暮れ初む

南洋に発ちたる海流、列島をなぞり大海にと
ほく放たる

ひかり失すなく

—堀内卓—

赤彦の自筆なる『堀内卓歌集』古書価に震ふも迷はず求む

〈限定五百部乃内本書其弐百六番〉紙魚ひとつなし金茶の帙に

写経せる思ひや〈布半印行〉の用箋狭しと卓の歌並む

直《ちょく》筆《ひつ》に書きあげられたる卓の歌まざまざ赤彦の息づき伝ふ

逝きて間なき寒夜に写しゆく卓の歌　赤彦怖れゐしとふ写生の歌を

ひかり失すなく落つる星なり堀内卓　この夏
生れし地巡りてみむか

白壁の夏日に映えゐる〈開智學校〉卓の幻す
くやかに駈く

卓の墓参に来し松本の城下町三十四度や　た
だ息ぐるし

正行寺の木立の落とす蔭ふかく並みゐる墓石
の真日に灼かるる

廃仏毀釈拒み寺院を護りたる住持の徳高く歌
詠みましき
（佐々木了綱住持）

一基づつ墓標たしかむる小半時　寺隅に紛ふ
なき卓の墓あり

檀寺ならぬみ寺に早逝せる嫡子葬りし父母の
こころ偲ばる

神住まふ島

―沖縄―

読谷《よみたん》の丘拓きたる陶芸《やちむん》の里は臥竜の象《かたち》に延ぶる

里丘の赤き甍の登り窯　竜の化身や内に火を吐く

赤き土赤き火の穂のせめぎ合ふ登り窯四方《よも》の
気を震はする

笑む魚、髭ながき海老跳《をど》りをり〈金城次郎〉
六寸の皿

琉球のま赤き土に焼かれたる阿吽のシーサー
かつと目を剝く

道端に猫いく匹の寝そべりて里ゆく人をうす
目に見をり

みんなみの神住まふ島ひといろに染めあぐ夕
日火の輪を結ぶ

南海の彼方に火の輪かきくづれ島刻々といろ
の褪せゆく

その上《かみ》にバッタ草生に番へるを神倣ひ給ひ
沖縄人《ウチナーンチュ》生る

ほの暮るる島の奥処にこの宵も女男《めをとこ》の神睦み
てをらむ

海《わた》なかにますぐに延ぶる突堤の端《はな》にともれる
灯りつつまし

稀勢の里寛

道隔て住みゐし野球少年の寛《ゆたか》いつしか角界を
揺る

少年の素振り、縄跳び千回の途切るなく真夜
の空《くう》を切りたり

ひたすらに体鍛ふる少年と〈歌人伝〉校正の
われ　夜の道隔つ

門前にウッス！と朝の挨拶の乙男《ヲトメン》になき低き
濁声《だみごゑ》

常総の赤鬼と呼ばるる面構へ十四歳の寛はや
も見せをり

まだ稚き髷にゆかたを着流しに帰宅の稀勢の
里に発気あふるる

その四股名〈稀な勢ひ〉に潜ませる寛の闘魂
夜《よ》夜《よ》に見て来し

邪気払ふ清めの塩を白虎へとめがけ撒きたり
稀勢の里いざ

時間いつぱい赤房下の稀勢の里はつしと頬打ち白鵬にらむ

ひだりほほ白鵬に張られ敢へもなし稀勢の里一気に土俵下さる

荒るる場所の影の立役者稀勢の里なるもけふまた点睛を欠く

其《そ》の上《かみ》に膂力ありたる若者の相撲《あひう》ち合ひて年《とし》占《うら》をせり

震災に泥める国に相撲てる巳年の年占　八卦よいのこつた

女化が原伝承

―牛女坂―

ほの暗き雑木の根かた滲み出づる種井《たなゐ》は睦月の気に漲れる

開墾の民の土性骨ためすがに今なほ椎の根大地を摑む

耕せど稔らぬ大地に苫屋建てわづかな真土《まつち》に
民の這ひにき

「この牛め！」打たるるも泥田に困憊の牛歩
めざり　だらだらの坂

老いぼれの牛を励まし行く男　ともに餓ゑを
り荒地のなかに

這這《はふはふ》と農夫と老牛たどりたる緩き坂〈牛女《うしめ》坂《ざか》〉といまに呼ばるる

今はむかし牛久の宿《しゆく》に自由民権の先駆といはるる一揆のありし

助郷課役《すけがうくわえき》、大飢饉に貧窮せし民の蜂起みごとや秩序をたもち

風化せる牛久助郷一揆供養塔　たれ手向くる
や野の赤飯《あかまんま》

女化が原伝承

―牛久シャトー―

殖産の士族の開拓二十年足らず　潰え小作の民に下げらる

入植の民ら六反の地購ひて地主となりたり女化が原に

ワインに病後の気力を得たる神谷傳兵衛〈シャトー〉の夢を荒野に賭くる

浅草の小路に酒の一杯売り、傳兵衛二十三歳その身を興す

フランスの醸造の技に苗求め傳兵衛女化の原野に挑めり

女化の原野の外れ百二十町歩　フランス仕込みの醸造始む

傳兵衛の畠にぶだう六千本、ともに息づく開拓民も

葡萄栽培、醸造、瓶詰なす〈シャトー〉蜃気楼にや原にそばだつ

広らなる畠にすつくと建つ〈シャトー〉遙か
に女化稲荷《いなり》の鳥居の赤し

特別列車に招かるる政財界名士らの綺羅なり
〈シャトー〉園遊会に

眼瞑るに葡萄の匂ひと男《を》の汗をまきつつトロ
ッコ地を響《な》らし過ぐ

傳兵衛の畠にいまなほ立ちのぼる靄に朝日の
色幽かなり

何のこともなく

犬を曳く真夜の道端に光《て》るは何　狸二匹に見つめられたり

伐られたる森を離れず新興のわが家に隣り狸棲むとは

死するまで妻夫《めをと》の契り結ぶとや細身の狸大きに添へり

月あかりに狸ら鼻を触れ合はせ葛の葉群にどろんと消ゆる

天心の月光浴みゐるすだ椎の影むくむくとわが上《へ》に太る

ひつそりと狸棲みゐる背戸の森　白蛇すむと
ふ沼をいだけり

水際の妖しくくねり入り組むにいつしか白蛇
の沼と呼ばるる

沼ふかく潜める白蛇　若武者に斬られ口の端《は》
ま赤く裂くる

稲畑の水護《も》る神と崇めらるる白蛇游ぐや　沼面の動く

女化《をなばけ》の外れの沼辺に家の並み牛馬も鶏《かけ》のこゑも聞かれず

碧き沼しづもり何のこともなく狸藻の花黄《きい》ゆらしをり

毬がお池へ落ちました

夕されば縁側に父諳ずる童謡聞きたるは幾十《いくそ》
度《たび》なり

夕空にむかひ目を閉ぢ聴いてねと　父諳じ初
む童謡いくつ

眼うらに想ひ広げつつ聴く童謡「毬がお池へ落ちました…」

『赤彦童謡集』繰りゐて見つくる〈毬〉のうた父の十八番《おはこ》や　心の震ふ

五十余年へたるも〈毬〉を誦《ず》す父の声音も調子もありあり聞ゆ

電話口に兄と諳ずる童謡〈毬〉かたみに涙ごゑとなりつつ

けふ赤彦忌

——第二十六回赤彦忌記念講演
「赤彦の八丈島渡島——堀内卓、望月光との関りにふれて」

春靄の消《け》のこる朝の諏訪のうみ澳の山へに雪斑《はだら》なり

没後一〇〇年青木繁展〈海の幸〉赤彦渡島のヒントを見つく

赤彦の渡島と期合はせ訪ふ島の人に触れつつ
その理由《わけ》さぐりき

明治期の歌と画、小説にあふれたる光彩に赤
彦歌境拓きし

童謡〈毬〉父より聞きて五十余年　縁《えに》思はる
るけふ赤彦忌

（三月二十七日）

赤彦の八丈島渡島恋を断つのみにあらざり
忌日に語る

赤彦忌百五十余名に連なれる仲間三十人のエ
ール篤しも

語り終へいただきし花束胸に抱く湖畔の写真
に仲間も明るし

手遊びの域を出でざるわれの歌省みつつ　小論の要旨をまとむ
（島木赤彦研究会会報）

北アルプス鷲羽岳

すつくりと北アルプスに両翼をひろげ鷲羽の
岳は座しをり

風疾み雨のしぶける鷲羽岳わが生かさね攀ぢ
登りゆく

横ざまに身を打つ雨に臆しつつ一足一足岩屑《いはくづ》
を踏む

巖《いはほろ》の吐く白霧の巻きかへし瞬くうちに岳を
呑みたり

顚《いただき》の朱き岩むら角立ちて草木一本生ひたる
はなし

高瀬ダムの水圧地下の水を止め鷲羽の岳は膿みて崩れき

崩落のあと荒荒し　いまになほ小さき音たて岩塊の落つ

暮れゆける天《あめ》の尽《はたて》に影を引く北鎌尾根に雲の吸はるる

雲ノ平の果てに落暉の褪するまで這ひ寄る冷気に身をまかせをり

気《い》吹《ぶき》戸《ど》の風幽《かそ》かなり　根の国に山《さん》霊《れい》ひつそり息放ちゐむ

冷ゆる身を束の間小屋の灯に温め越ゆる三俣蓮華に霧足はやし

三尺余離れず友のあとに蹤き磊磊《らいらい》の道ただただ下る

火の花の爆ず

盂蘭盆の数かぎりなき釣灯籠園生《そのふ》を照らし幽かにゆらぐ
（新盆　牛久浄苑万燈会）

大仏の膝下に捧ぐる万燈のやはき灯りに夫の名の見ゆ

大仏の胎内〈蓮華蔵世界〉　浄土の灯《ひ》のもと
写経なしたり

娘《こ》もわれもひとつ心に写経せる手もといつし
か光を集む

亡き夫に捧ぐる追福大《おほ》花《はな》火《び》　今しあがれり読
経のなかを

朗々と夫の名響き火の玉のただましぐらに空へのぼれり

百二十メートルの牛久大仏鮮やかに顕たせ火の花一気に爆ずる

南無阿弥陀仏唱へ拝《をろが》む追福の万華ひらくが裡ふかく沁む

夫の名も花火も須臾をかがやきて真澄の空に
吸はれ消えたり

浄苑の花に囲まるおほ池に放つ流灯　しばし
留まる

放ちたる夫の流灯数しれぬ燭のひとつとなる
を追ひゆく

大仏の半ば閉ぢたる慈悲の目の天よりわれら
を見守《まも》りいませり

ふたたび夫と　―ジジ―

犬を抱き留守居の夫の聴きてゐし楽曲午後の
部屋にながせり

楽曲のわかるや眠りゐし犬のむつくり頭《づ》をあ
げかするる声あぐ

亡き夫と魂を通はせゐるならむ仏前に犬の今日もまろまる

思はざる白内障に犬の目の視力みるみる衰へはじむ

猟犬の性のこりゐて微かなる音に身構ふ見えぬ目こらし

盲《めしひ》たる犬をリュックに背負ひゆく外面の匂ひ
嗅がしやらむと

たぬき棲む背戸の小藪の入口に負はるる盲の
犬こゑをあぐ

夫の納骨終へたる日より目に見えて犬の体力
衰へゆけり

うつすりと盲の眼あけたるを燭あはきもとそ
つと閉ぢやる

逝きし犬三晩はなさず過ごしたり在りし日の
ごと傍《かたへ》に寝かし

訣るるを惜しめる涙やしぶく雨　夫の許へと
荼毘に付したり

今ごろはかの世の夫の膝の上《へ》に酒過ぐすなと
犬の見守《まも》りゐむ

先立てる夫を慕ひし犬の魂ふたたび睦ぶをよ
ろこびやらむ

交換日記

思ほえず身の震へたり夫の遺品より出でこし
幾冊の交換日記

夫とわれの十八歳の交換日記黄ばむがもろ手
にしみじみ重し

終生を寡黙に過ごしし夫なるも小さき日記の
いと弁才《べざい》なり

み互ひに読みたる本の感想を拙きままに記し
あひをり

「存分に生きよ」とふ十八歳の日の思ひ　夫
は終まで抱きくれたり

綴り合ふあをき思ひの六十代半ばの心にふたたびを沁む

〈駒形どぜう〉

足下の巨大な鋼管のみを見せスカイツリーは
春靄のなか

春雨にけぶれる川は銀河にや〈ヒミコ〉船体
ひからせ過ぐる

漱石の『彼岸過迄』に描かれし〈駒形どぜう〉の構へ堂たり

大暖簾〈どぜう〉の三文字くきやかに今しぬらりと動かむばかり

歯切れよき町人ことばに案内《あない》さるる入れ籠み座敷のじんわり温し

鉄鍋《かななべ》にひつたり身を寄せ並むどぢやう　ちんまりせるを葱盛り煮つむ

酒に浸け江戸甘味噌に仕上げたるどぢやう七《なな》味《いろ》、山椒にとろり蕩《とろ》くる

武相荘

―白洲次郎、正子息づく―

東歌に多摩の横山と詠はるる丘に原野《はらの》の面影のなし

横山の丘のなだりの〈武相荘〉　叢立つ真竹に秋風の生《あ》る

紅葉せる禅寺丸柿、秋の陽になほ色を増し長
屋門に散る

黒光る愛車ペイジの傍らの次郎のパネルに目
をはなせざり

論を張る、本読む、鍬ふる、妻に笑む、次郎
をとこのにほひを放つ

かくれ里思はす〈鈴鹿峠〉に塞《さへ》の神　潰ゆるみ顔に笑まひを遺す

韋駄天のお正の笑まふ口もとに似てをり　紅き紺秋つばき

まづはじめ正子購ひたる麦藁手の小壺、坐辺の逸品にあらむ

桃山の代の鉄製の灯明台さらりと茶処の軒に
下げらる

筆筒は織部の火入れ、魯山人の灰皿　正子の
机上に和せる

オレ！フラメンコ

懇ろに礼服のウェーターに迎へられ今やと待ちをりジプシーの舞

ふふみゐるワインサングリア、燭の灯にうす紅《くれなゐ》を深め妖しき

ほの暗く狭き舞台にフラメンコ踊るをんなの
面ざしの鋭《と》し

ダンサーの手つき如意輪観音の御手の形や気
を放ちたり

ジプシーの辛《から》き歴史をふかく秘め踏みしむる
タップ息も乱さず

すすり泣き、笑ひ、はたまた叫ぶかに奏づる
ギターにタップ響《な》り合ふ

怨念も禱りも籠めてひた踊るをとこの散らす
汗のきらきら

ぢりぢりと肢体絡ませ縺れゆく女男《をみなをとこ》を燭の
灯うかす

黒髪に紅きルージュのダンサーと視線の絡み
うつつに戻る

新宿の夜《よ》の雑踏にアンダルシアの流浪の民の
来し方思ふ

夕焼けのなか

Ｖ字型に深く抉らるる大《おほ》歩《ぽ》危《け》峡《けふ》　底ひに元朝
のひかり眩しむ

大歩危の巌《いはほ》の狭間くだる湍の渦のほどかれ、
藍のしづまる

トンネルを出で入る深山の土讃線汽笛ききつつ父母とゆられき

七歳の春に越えたる祖谷《いや》の渓　白き滾ちのいまに変はらず

白波をひきよせ弧を描《か》く桂浜　浜辺は眼裏の影にかさなる

幼稚園に姉と通ひしほそき道わづかなるカーブからだの覚ゆ

片倉製糸の敷地に流れゐし小川　六年《むとせ》暮らしし日日をしのばす

片倉の女工囲ひゐし石塀の五間《けん》余《よ》すずかけの蔭にのこれり

絹紡ぎ夜べ寄宿舎へこゑもなく戻りゆく女工
なほ忘らへず

夕焼けのなか赤彦の童謡を父諳じくれたり社
宅の縁側《えんがは》に

「操業《さうげふ》くる糸の…」意味も解らず歌ひたる片
倉の社歌おのづから出づ

土佐の地の七歳に満たぬ日の記憶　繭玉のごと胸に温とし

沼辺の宿場

水戸街道まなかに位置せる牛久宿　百二十四軒沼に沿ひゐし

田畑《でんぱた》を鋤きゐしは爺婆女子《をんな》ども　男、農馬の問屋《とひや》に統べらる

人足と伝馬《てんま》の賦役に大飢饉　餓ゑたる民の一
揆に走りき

大黒屋に〈尊王攘夷〉の士気高め天狗党幕末
の世を揺すりたり

本陣を少しく離るる街道に小部屋の多き女郎
屋並みゐき

遊興の男衆艪を漕ぐさつぱ舟　沼の真菰の間《あひ》
をゆきしか

女郎らの病むも死するも隣るゆゑ天神様に抛《はふ》
られしとふ

向き向きの女郎の墓の幾十基　社《やしろ》の駐車場の
隅に曝《さ》れをり

墓とふも小さき石塊《いしくれ》〈信女〉とふ文字《もんじ》やうやう指に読みたり

本陣の威容しのばす大木立《おほこだち》つくば颪《おろし》に跡護りをり

返り見る問屋、旅籠に賑はひし宿場　沼底のやうな静けさ

芽吹き初む木木刻刻と色の失せ　沼渡りくる
風冷えて来し

沼の端に

夕さりて牛久の沼をさわだてる波間に夜の闇の這ひくる

匂ふともなく匂ひくる夕桜ふるりと震へ葩くづれ初む

うすあかき家居のあかり狐火に似て沼の端に
瞬きを増す

月の夜の沼の底ひに騒《ぞめ》くらし河童生む輪のふ
たあつ、みつつ

夏の月そつと見てをり恋初めし河童の木下に
溜息つくを

頰かむりに流し目をみせしのび佇つ河童柳の
風にじらさる

靄のたつ逢魔が時の沼の辺に河童ひそひそ何
たくらむや

落語三昧

満ち足らふ日は文楽を落ち込める日は志ん生を聴きて眠れり

志ん生と志ん朝較ぶる〈火焔太鼓〉銭の勘定志ん生がよし

女房の内助きはだつ大芝居　三木助〈芝浜〉
ほろりと聞かす

碁敵の憎しなつかし　馬生〈笠碁〉聞き終ふ
るたび涙こぼるる

大岡裁き織り込む〈大工調べ〉志ん朝の家主
への啖呵胸のすきたり

夜ごと夜ごと聞きつぐ圓生〈真景累ヶ淵〉因
縁奇しきに身の総毛立つ

小三治〈野ざらし〉枕で笑はせ下げまでを一
気呵成に髑髏《こつ》と色めく

縄のれん頭で分け入る〈居酒屋〉に小僧から
かふ金馬　飽きざり

仕事帰り幾たびと通ひたる「東宝名人会」最後に聞きしは圓生〈夢金〉

父語りし〈死神〉寿命の蠟燭の消えむとせるを息のみ聴きにき

娯楽なき冬の炬燵にねだりたる父の落語のいくつ忘れず

小気味よく亭主やり込む下町の女房の啖呵
ときに真似をり

瀬戸岡古墳群

秋の日を兄と見めぐる古墳群高麗の末世の歴
史聞きつつ

平井川の水音きこゆる畠なかに瀬《せ》戸《ど》岡《をか》古墳群
の石積み円く

畠なかに埋もるる積《つみ》石《いし》瀬戸岡の四十八塚と人ら呼びゐき

淡き色見せ埋もれゐる石塚の神《かあ》籠《ご》石《いし》とぞ　人ら畏れき

大正十三年、石塚に瀬戸岡古墳群と母の生家の氏《うぢ》名《な》つけらる

七世紀末に築造されしとふ古墳群〈竪穴式石室的横穴式石室〉

小さき墳墓に葬られゐたる火葬骨　土師器須恵器に納められをり

滅びゆく高麗逃れたる職能の集団多摩川をのぼり来しとや

山に生《あ》る〈氣〉を川水の止むると平井川辺に
高麗人《びと》住まひし

瀬戸岡の古墳に眠るは誰ならむわが祖はたま
た高麗人なるや

天井石みられず亡骸火葬せる墳墓朝鮮半島に
今も遺れる

洛東江《ナクトンガン》のほとりの古墳瀬戸岡と似たると知りて川くだりたり

（朝鮮半島　安東）

解説　個性的な現場主義に乾杯！

松坂　弘

飯島由利子さんの歌集『牛女坂』は平成十二年から同二十六年に至る期間に制作した五五〇首を収録する第二歌集である。

平成十二年に刊行された処女歌集『明日よりあすへ』は幸運にも第一回島木赤彦文学新人賞を受賞している。

このたびの歌集を読みながら、ふと連想が及んだのは一九七〇年代に自然科学の分野で話題になった文化人類学者川喜田二郎の提唱した「現場の科学」についてであった。いわゆる創造性開発のためのＫＪ法である。

ややアバウトに要約すると、これからの学術研究は文系理系を問わず、書斎の中だけで行うのではなく、屋外に出て科学することが大切だ、そうすることによって新しい発想を促す、というものである。一種の現場主義と言ってもよいだろう。

ここで近代短歌、現代短歌に目を向けてみよう。多くの歌人たちは日々の暮しの中における体験、とりわけ喜怒哀楽を叙情することに軸足を置き、室内で思考し、科学し、たまに旅に出ることがあると、そこでの見聞を叙情することに終始してきた、と言っても過言ではない。つまり、これまでの短歌は書斎科学の範疇にあったと言えるだろう。

ところが、この歌集の著者は新しいタイプの現場主義に徹しているところに特徴がある。と言っても平板なルポルタージュでは終わっておらず、従来型の連作とは質的に異なる作品世界を展開している点が注目される。

近代歌人では、釋迢空が辛うじて現場主義と言ってよい作品活動を試みている。とりわけ、第二歌集『春のことぶれ』（梓書房・一九三〇年刊）にある「東京詠物集」や「大阪詠物集」は都市詠の先駆と言ってもよいだろう。しかもこの都市詠は民俗学的な視点を軸にして、都市の変容ぶりを捉え、描写することで新しい叙情を生み出そうとしている。

ひるがえって、この歌集の小見出しで言うと「女化が原伝承」「牛久の狐の物語」「河童の小川芋銭」「平家の隠れ里」「藍の花咲く―高田正彦工房―」「木食義見上人」「瀬戸岡古墳群」などの一連は、現場を踏破して得た主題制作で、これらはこの歌集の核になっている。そして高い峰々を形成している。

いずれも、歴史学的視点や民俗学的視点をもミックスさせ、対象にアプローチしているところがユニークである。

さらに言えば、従来の物語風な叙情とは少し違った詩的世界を展開している点も注目される。やや硬質な叙情世界を創出していると言えるだろう。

勿論、身辺の日常詠や季節詠、旅行詠にも優れた作品が多いことは言うまでもない。

ところで、この解説では作品の引用を控えた。その理由は、私の作品引用によって読者を誘導することになる、と考えたからである。

賢明な読者諸兄姉にはこの歌集一巻を精読され、著者宛に感想をお届けいただきたいと切に願うものである。
以上、拙い措辞を連ねた。著者の新しい門出を祝し、まずは乾杯しよう！

平成二十七年如月吉日

巻末小記

終の住処として十八年ほど前に移り住んだ茨城県牛久市は、JR常磐線上野駅から一時間足らずの地にあり、大地のえくぼのような牛久沼が静かな水面を広げ、沼の辺には南北一キロほどの牛久宿が今もその面影を留めています。沼の東を走る水戸街道から少し入ったわが家の南東には〈女化《をなばけ》〉という珍しい地名の豊かな畑作地帯が広がっております。

畑地は近年、造成が進み閑静な住宅地に変わりつつありますが、明治に至るまでは人家を見ることのない広漠とした原野で、そのほぼ中央に位置する女化稲荷神社と、神社にまつわる狐の伝説、そして後に自由民権運動の先駆的なものと位置づけられた牛久宿近在の農民たちの反乱、牛久助郷一揆（女化一揆）で知られるだけの地でした。

女化の歴史は、明治初年に国策として全国的に進められた士族の開拓の一環として、入植者を全国に募り、和歌山県出身の士族津田出が原野の開拓を手がけたことに始まりました。冬の身を切られるような筑波颪《おろし》や、夏の土を焦がす炎天の下、ひと鍬ひと鍬、粗土を掘り起こし荒野を拓いた跡は、今も随所に偲ぶことがことができます。

集名といたしました〈牛女坂〉は水戸街道千住宿から七番目の若柴宿と次の牛久宿の間に位置し、わずかなカーブを見せる六十メートルほどの坂です。坂とは名ばかりの斜度は四度に満たないごく緩やかな農道ですが、幾年も収穫の見込めない痩せ地の耕作に困憊しきった牛を「この牛め！この牛め！」と鞭打ち励まし、農夫も涙ながらに辿った〈牛めの坂〉がいつしか〈牛女坂《うしめざか》〉と呼ばれるようになったと伝えられています。ふと、私自身の生と重なるようなこの小さな坂は、人々から忘れられたかのように、雑木の森に添いひっそりと静まっております。

牛久沼の畔で、水魅山妖や農村の暮し、夢幻を漂わせる自然などを描き続けた画家小川芋銭に心酔し、交友を深めた山村暮鳥は、その随筆『小川芋銭』の冒頭に〈物其のものはそれ自らに於てことごとく生命の一つの象徴である〉と記しています。

折々に巡った牛久沼や牛久宿、見の限り続く女化の開拓地、沼畔の狐や河童たちにこの暮鳥の言葉が思われます。東日本大震災など地球規模で私たちをとりまく自然環境が大きく崩れてきている昨今、終の住処である牛久周辺の先人たちが営々と築いてきた歴史や風土を歌に綴り、遺すことができればとの思いを深めております。

第一歌集を出版してより諸事に追われるまま、十余年の年月が流れてしまいました。この間に母と姉、義兄を失い、四半世紀勤務した大学を退職して程なく、夫も急逝いたしました。加えて長年所属しておりました水門短歌会の閉会により、歌誌の編集発行人の任を解かれ、生活は大きく変わりました。そこで来し方を思い、自分を見つめ、ひとつの節目とするべく、これまでの詠草のなかから五百五十首を選びまとめた次第です。

炸短歌会主宰の松坂弘先生よりご多忙のなか、身にあまる解説を賜りましたことは望外の喜びでございます。日ごろより懇切なるご指導を賜り、折にふれ貴重な勉強の場をいただいておりますことにも、衷心より謝意を表したいと存じます。

表紙画には青春時代を共にし、友情を温めてまいりました型染作家高田正彦氏より譲られました〈とうがらし〉を使わせていただきました。ここに記し、ご厚意に謝したいと思います。

また、これまでの活動をご支援くださいました炸短歌会の諸先輩と『茜』短歌会はじめ、多くの仲間にも御礼を申し上げます。

中学生時代からの幼なじみであった夫は、勤務や諸活動を終始変わることなく支援してくれました。最期まで歌集刊行の遅れていることを心にかけてくれておりました夫に謝し、三回忌の墓前に本書を供えたいと念じております。
最後になりましたが、本歌集の刊行にあたりまして現代短歌社社長道具武志様、編集全般を今泉洋子様にお骨折りいただきました。改めまして厚く御礼申し上げます。

平成二十七年二月十九日

飯島由利子

歌歴

飯島由利子（いひじま　ゆりこ）

平成元年　水門短歌会入会（選者、編集発行人を経て平成26年終刊）
平成５年　島木赤彦研究会入会　事務局長を経て現在、常任委員
平成８年　日本歌人クラブ入会（北関東地区委員を経て平成22年退会）
平成11年　歌文集『犬の影』出版
平成12年　歌集『明日よりあすへ』出版
平成13年　第１回島木赤彦文学新人賞受賞（歌集『明日よりあすへ』）
平成15年　『茜』短歌会創設、代表
東葛毎日新聞歌壇選者（平成20年まで）
平成18年　『茜』短歌会アンソロジー第1集出版
平成21年　炸短歌会入会　現在、編集同人
平成22年　千葉県鎌ケ谷市民短歌会講師、現在に至る
『茜』短歌会アンソロジー第2集出版
平成25年　第26回赤彦忌にて講演
平成27年　長野県カルチャーセンター講師

歌集 牛女坂　　炸叢書第67篇

平成27年5月16日　発行

著　者　飯島由利子
〒300-1217 茨城県牛久市さくら台1-57-17
発行人　道具武志
印　刷　㈱キャップス
発行所　現代短歌社
〒113-0033 東京都文京区本郷1-35-26
振替口座　00160-5-290969
電　話　03（5804）7100

定価2800円（本体2593円＋税）
ISBN978-4-86534-089-1 C0092 ¥2593E